Amigo

Amigo se escribe con H
(Premio Norma-Fundalectura - 2003)

María Fernanda Heredia

Ilustraciones de Carlos Manuel Díaz

www.edicionesnorma.com

Bogotá, Buenos Aires, Ciudad de México,
Guatemala, Lima, San José, San Juan, Santiago de Chile

Esta edición: Publicada bajo acuerdo con
Grupo Santillana en 2021 por
Vista Higher Learning, Inc.
500 Boylston Street, Suite 620.
Boston, MA 02116-3736
www.vistahigherlearning.com

www.edicionesnorma.com

Edición: Cristina Puerta Duviau
Diagramación y armada: Andrea Rincón Granados
Diseño de cubierta: Patricia Martínez
Ilustraciones: Carlos Manuel Díaz

61074231
ISBN : 978-9-58047-160-8

A Eduardo y Elena,
por nuestros largos abrazos.
A mis amigas Ana Lucía y Marisa.

Contenido

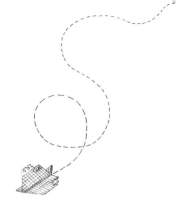

–Yo, a las arañas. ¿Y tú?

–No.

–También a los aviones. ¿Y tú?

–No.

–¿A la oscuridad?

–No.

–A quedarme sola. ¿Tú no?

–...

–Anda, contesta.

–No, tampoco.

–No te lo creo, H, debe haber algo que te produzca miedo. No finjas conmigo, ¿acaso no somos amigos? Cuéntame.

H permaneció en silencio por varios minutos, continuamos caminando y ya no me atreví a decir nada más.

Una cuadra antes de llegar a la escuela me dijo:

—A la memoria.

Yo no comprendí y entonces descubrí otro miedo en mí: el miedo a preguntar, cuando la respuesta pudiera no gustarme.

H

Apesar de saberme una persona cargada de temores, pienso que el primer miedo que perdí fue a confesar cada una de mis debilidades ante H.

Llevábamos muy poco tiempo como compañeros de aula, como vecinos y amigos.

Aunque habíamos asistido al mismo jardín de infantes y a la mitad del primer grado, H tuvo que dejar la escuela porque su familia debió trasladarse a otra ciudad.

Su regreso, cinco años después, no despertó ninguna atención especial en nosotros, sus antiguos compañeros. Personalmente, admito que casi no lo recordaba.

Tuve que recurrir al álbum de fotos escolar para intentar ubicar a H.

La visita a este álbum me resultó muy ingrata, el recorrido por páginas y páginas de fotografías con recuerdos de mis primeros años de escuela terminó por revelarme tristes realidades que creía olvidadas.

Me refiero a detalles como mi aspecto, mis zapatos o mi lonchera.

Al mirar mi fotografía de graduación del jardín de infantes, no pude evitar sentir cierto fastidio hacia mi madre, y es que no sé qué cosas pasaban por su cabeza cuando me peinó para la ceremonia: dos trenzas caían, una sobre cada hombro, y remataban en inmensos lazos de cinta roja. Hasta ahí ningún problema, ¿cierto?, pero debo indicar que jamás me he caracterizado por tener una abundante cabellera, con lo cual el par de trenzas lucían en la fotografía como dos

colas de ratón atadas con cintas para que no escaparan de mi cabeza. El asunto se volvía más notorio porque a mi lado derecho aparecía Claudia C., una niña que, sin duda, era la reencarnación de Ricitos de Oro. Sobre el niño que se encontraba a mi lado izquierdo no puedo hablar mucho, el lazo de mi trenza era tan grande que le tapaba casi toda la cara. Imagino que cada vez que ese niño mira la fotografía, no puede sentir otra cosa que un odio profundo hacia mí, o por lo menos a mi peinado.

Y sigo con más detalles: los zapatos. Esto amerita una explicación horriblemente minuciosa. Siempre escuché a mis padres decir que necesitaba zapatos ortopédicos. Esta palabreja me sonaba a chino, pero creía imaginar que mis pies debían tener algún desperfecto leve que podía ser corregido con los zapatos especiales que año tras año me compraban.

Tampoco esto suena grave. Pero debo aclarar que los zapatos "especiales" eran sencillamente espantosos. Todas las niñas usaban zapatos con una o dos correas; las más modernas lucían elegantes mocasines… y yo, la ortopédica, usaba botines con cordones que me hacían sentir como si caminara sobre dos tanques de guerra.

Por suerte, mis pies se corrigieron en el plazo de un año, de lo contrario mi historia habría sido además de incómoda, vergonzosa.

La lonchera no aparecía en la fotografía, pero soy capaz de recordarla de manera lúcida. En aquella época, yo era una fiel admiradora de la muñeca Barbie, tenía una mochila de Barbie, una camiseta de Barbie, un paraguas de Barbie... y una lonchera de Tarzán.

En mi cumpleaños número seis, la abuela me había regalado una lonchera hermosísima. En ella aparecían Barbie y Ken en un precioso convertible color rosa. Pocos días después, perdí mi regalo de cumpleaños en algún lugar de la escuela y lloré tanto que la abuela llegó a casa con otra lonchera exactamente igual a la original.

Pero como nadie está libre de una desgracia, volví a perder mi lonchera y volví a llorar como loca. Esta vez, aunque la abuela me dijo que no me preocupara porque ella me compraría una nueva, mamá se lo prohibió, me reprendió por ser poco cuidadosa y me llevó a la escuela para que buscara mi Barbie-lonchera en el cuarto de los objetos perdidos.

La única que ahí existía era una de Tarzán. El portero de la escuela le dijo a mamá que nadie la había reclamado en mucho tiempo, y que si nos servía, podíamos tomarla. Yo supliqué que no… mamá dijo que sí.

Y para mi buena-mala suerte, aprendí a ser más cuidadosa y Tarzán me duró hasta segundo año.

Para recordar mis lentes, me bastó con mirar la famosa fotografía de la graduación… eran tan grandes que me cubrían casi hasta media mejilla, y sus marcos de plástico eran tan gruesos como mi dedo meñique.

Siempre quise deshacerme de ellos, inventé muchísimos accidentes inesperados pero parecían fabricados con hierro fundido, porque, a pesar de todos los maltratos a los que los sometía, lucían como nuevos.

Recuerdo haber dormido sobre ellos, haberlos escondido en lugares sorprendentes (como la nevera o las botas de papá), pero siempre había alguien que los encontraba y los devolvía a mi rostro. Recuerdo que en una oportunidad los enterré en el jardín de la casa y cuando estaba a punto de ganar la batalla, mi gentil y hermoso perro Cuco, un sabueso viejo que tenía pánico atroz a los gatos, apareció con mis lentes en el hocico.

Aquel día mamá premió a Cuco con comida especial… y yo me di por vencida.

Por suerte, muy poco tiempo después, logré que papá me comprara un nuevo par, y esto se dio gracias a una sugerencia del oftalmólogo, quien consideró que necesitaba unos con diferente medida. Los nuevos eran bastante más pequeños y no tenían los oscuros y pesados marcos negros.

En fin… esa era yo en el jardín de infantes, y no reniego de mí, pero preferiría que no existiera mucho material que revelara mi condición de niña pequeña, con trenzas de cola de ratón, zapatos ortopédicos e inmensos lentes.

Al revisar detenidamente la fotografía de la graduación, cuatro filas más arriba de mí, encontré a H. Lucía impecable, muy bien presentado y con una sonrisa como la que ponen sólo aquellos que se saben fotogénicos a toda prueba.

Cinco años después, se veía muy distinto a esa última imagen. Conservaba aún el rostro de niño bueno, pero sus piernas habían crecido lo suficiente como para indicarnos que estaba a punto de convertirse en un adolescente.

Luego de su regreso, no pasó mucho tiempo hasta que algunos compañeros le abrieron un espacio. Yo no lo hice; para entonces los niños y los dentistas me parecían detestables y los ignoraba por completo, pero a los segundos por obligación debía visitarlos de cuando en cuando.

Al poco tiempo de su llegada, H ya se destacaba en los partidos de fútbol y en las competencias de silbidos con los dedos; además, las maestras lo amaban. No sé a qué escuela asistió cuando vivió en otra ciudad, pero sus conocimientos en Historia y Geografía eran mucho más profundos que los nuestros.

Yo pensaba que H era un niño más del montón y no me detenía a mostrar ningún interés en él, pero esa visión tendría un cambio inesperado.

El vecino

Una mañana descubrí que los padres de H habían comprado una casa en la misma cuadra de la mía, y eso nos obligaba a compartir el trayecto de ida y vuelta a la escuela. Cuando descubrí que vivía tan cerca de mí, me horroricé. El motivo era simple, no me gustaba que mi espacio fuera invadido por extraños, y en aquella época mi espacio era todo lo que arbitrariamente había decidido que me pertenecía: mi habitación, mi casa, la calle en la que vivo, el parque de los eucaliptos que está cerca de la escuela, el kiosco de revistas de la esquina, la tienda de mascotas y la casa de mis abuelos.

Admito que todo ello revela una particular obsesión infantil, y ante esto debo aclarar que mis padres no tuvieron la más mínima responsabilidad. Creo que ellos pusieron todo lo que estuvo a su alcance para hacer de mí una persona que fuera por la vida con los suficientes buenos ingredientes (valores, decían ellos). Oportunamente me hablaron de moral, de generosidad, de respeto, y me transmitieron también una limitada dosis de educación sexual, no por ningún tipo de represión o prejuicio a propósito del tema, sino porque creo que fueron lo suficientemente sagaces como para comprender de una mirada, que cuando nos sentamos para tocar el delicado asunto, mi seguridad delataba que tenía algunos conocimientos sobre la materia. A mis diez años, los chismes sobre sexo que merodeaban por los corredores de la escuela, más las clases de anatomía de los miércoles (a las que nadie faltaba), me habían provisto de una idea más o menos clara de que la semillita era una metáfora poco creativa y simplona.

En cuanto comprendí todo el rollo de cómo llegan los niños al mundo, y fui capaz de entender el papel que juegan hombres, mujeres y amor, todo me resultó sencillo de asimilar.

Sin embargo, debo aclarar que sentí una profunda solidaridad con las pobres cigüeñas. Ignoro quién fue el responsable de esta farsa, pero creo que se mancilló la pulcra, bondadosa y desinteresada imagen de un pájaro que nada tiene que ver con el sexo.

Luego me tranquilicé, pensando que si la Naturaleza era sabia, debía tender al equilibrio, y las cigüeñas seguramente dirían a sus hijos que a los bebés cigüeñitas los trae un señor que viene de París. De esa forma, pájaros y humanos se lanzarían la pelotita, para no caer en los incómodos territorios de las explicaciones sobre el sexo.

En fin, no quiero entrar a lucubrar si mis padres lograron hacer de mí el ser humano que soñaron, por hoy basta con agradecer sus buenas, muy buenas intenciones.

Asistía a quinto año cuando descubrí a mi invasor-vecino-compañero deambulando por mi calle. Corrí a la habitación de mis padres y les dije:

—¡Deben hacer algo! Mi seguridad está en riesgo.

—¿Qué sucede, Antonia? —preguntó mamá sobresaltada.

—Es un compañero de la escuela, mamá, un compañero nuevo.

—Pero ¿qué sucede? ¿Acaso te ha hecho daño? ¿Te ha golpeado?

—No, mamá, es peor que eso, se ha trasladado a vivir en la casa del frente.

—¿Yyyyyy? –preguntó mamá con gesto de fastidio–. ¿Cuál es tu problema?

—Que no quiero vivir cerca de ningún niño de la escuela. Los odio, mamá, los odio.

—Por favor, Antonia, estás hablando puras boberías, lo mejor será que te vayas acostumbrando a tu nuevo vecino. Nuestra conversación terminó aquí.

Salí de la habitación muy decepcionada, con aquella sensación muy poco original de *nadie me entiende*. Mi familia y yo habíamos vivido en esa calle desde que mis padres se habían casado y, por antigüedad, debíamos tener derecho a elegir a nuestros vecinos. Sabía que no lograría nada si pedía la ayuda de mis padres, por lo que inicié una campaña personal e íntima de antibienvenida a los vecinos de la casa 112.

El sábado siguiente, muy por la mañana, cuando salí a comprar el pan y la leche para el desayuno, encontré a la mamá de H que barría las hojas secas que habían caído sobre la acera.

Me acerqué muy amigablemente y la saludé:

–Hola, señora, yo me llamo Antonia y vivo en la casa del frente.

–Hola, Antonia –dijo la madre de H–, me da gusto conocerte.

–A mí también, y espero que se quede mucho tiempo en este barrio. Los anteriores inquilinos no han permanecido más allá de mes y medio. Al parecer, no todos pueden soportar la presencia de los fantasmas que viven en su casa.

–¿Fantasmas?

–Ah, ¿no lo sabía?, qué lástima,

no era mi intención asustarla, olvídelo. Adiós.

Creí que esa noticia sería lo suficientemente aterradora como para que la familia de H decidiera mudarse, pero no fue así.

Una semana después, volví a encontrarme con su mamá. La verdad es que lucía tan simpática, que no puedo negar el cargo de conciencia que sentía cada vez que me acercaba con un nuevo plan para desanimarla de su casa nueva.

Ella se encontraba lavando su auto, entonces pasé por ahí y grité:

—Buenos días, señora, ¿se acuerda de mí?

—Claro que sí, Antonia, ¿cómo estás?

—Pues bien… o no tan bien. Voy camino a la ferretería porque nuevamente las ratas han invadido el barrio y mamá me ha pedido que compre algunas trampas.

—¿Ratas?

—Sí, nos visitan cada dos meses y aparecen por miles. ¿No han entrado en su casa?

—Nnno, en realidad no.

—Vaya, ¡qué suerte tiene! Pero, si me permite darle un consejo, tome desde ya las precauciones necesarias; si requiere algo de la ferretería, con gusto la puedo ayudar.

—Gracias, Antonia, si lo necesito te avi-saré, adiós.

Dos semanas después, los vecinos se-guían ahí. Mis esperanzas se desvanecían día con día. Finalmente, pensé que mi vida debía continuar, y que la mejor defensa sería evitar cualquier contacto con H.

Lo que más me preocupaba era el mo-mento de salir rumbo a la escuela. Cada mañana me ocultaba tras la cortina del comedor y esperaba. A las 6h15, muy puntual, veía a H salir hacia la escuela; a partir de ese momento, yo contaba lenta y pausadamente desde el 1 hasta el 250; sólo entonces salía de casa y me encaminaba al mismo destino, tomando mucho cuidado en hacerlo por la acera contraria a la que H había elegido. Me asustaba la idea de que nos vieran caminando o llegando juntos. Me incomodaba profundamente que nos pudieran relacionar de alguna manera. Si bien éramos compañeros de salón, H me resultaba un tipo absolutamente ajeno, distante.

Luego de algunas semanas, me aburrí de contar hasta el 250, por lo que me vi obligada a cantar una canción para gastar tiempo y no provocar el encontrón con H. Debo decir que atravesé por los más variados géneros musicales, desde el himno nacional hasta las canciones que en los comerciales de televisión acompañaban a la publicidad de detergentes y pañales.

Finalmente me hastié también de cantar, además, mi madre fue muy sutil al decirme que me amaba profundamente, pero que mi talento musical le provocaba dolor de cabeza.

Sí, creo que el cansancio me venció y un día desperté dispuesta a asumir mi realidad, H había invadido mi espacio, mi calle, mi vecindario y debía aprender a vivir con su rostro muy próximo al mío.

Aquella mañana salí sin contar y sin cantar, y al rato escuché unos pasos que seguían a los míos.

Me obligué a no voltear la mirada porque tenía la certeza de que era él. Todo tipo de posibles reacciones cruzó por mi mente:

"Si me saluda seré muy parca y fría, bastará con responder hola y poner cara de ogro. Si pretende conversar conmigo, le diré que voy repasando mentalmente la lección de Geografía y que necesito silencio. Si me comenta sobre lo frío y gris de la mañana, le haré señas para indicarle que estoy afónica. Si, a pesar de todo, decide caminar junto a mí, le advertiré que el médico piensa que tengo varicela…"

Nada de eso fue necesario, los pasos que iban detrás de mí aceleraron su velocidad hasta rebasarme. Era H, que en nuestro primer encuentro rumbo a la escuela me ignoró olímpicamente.

A la mañana siguiente, a las 6 y 15 salí con la mejor sonrisa que había logrado luego de una hora de practicar gestos frente al espejo. Crucé la acera hasta donde H se encontraba y lo asfixié con un montón de frases amigables:

–Hola, H, ¿te has fijado? Somos vecinos y vamos al mismo curso. Sabes quién soy, ¿verdad? Soy María Antonia, me siento en la segunda banca, tras Ignacio, el que usa anteojos. Bueno, los dos usamos anteojos, por eso estamos en las bancas de adelante. Tú eres H, ¿verdad? Te he visto, eres el que se sabe todas las capitales de Europa y Asia. Imagino que tu nombre no es H, debes llamarte Hugo o quizá Horacio. Tal vez Homero o bien Hóscar. No, Óscar no va con H. Es curioso, no he escuchado tu nombre cuando la maestra corre la lista. En todo caso, ya sabes que me llamo María Antonia, María por mi mamá y Antonia por Antonio Carlos Jobim, un músico al que mi papá idolatra… tú puedes llamarme A o, como todo el mundo, Toni. ¿Te molesta si te acompaño?

–No –dijo H–, no me molesta.

Y eso me pareció, porque durante las siguientes tres semanas que caminamos juntos rumbo a la escuela, no descubrí en él ningún gesto que denotara fastidio o disgusto; en realidad no descubrí nada, porque H jamás pronunció más palabras que Hola, Ant.

Ant

No, no era un tipo callado. Era una tumba.

Creo que prefiero utilizar otra metáfora porque la palabra tumba me remite directamente a muerte, y muerte, a fantasma, y fantasma, a oscuridad, y oscuridad, a cementerio, y cementerio, a tumba... y aquí sí que llegamos a un escollo.

H hablaba muy poco, pero reía mucho y creo que eso me bastaba para guardar un cariño especial por él. Pienso que me sentía atraída por H, y con eso no me refiero a que me derretía de amor por él sino que llamaba mucho mi atención su manera de hablar y su manera de no-hablar.

A veces pensaba que había un viejo guardado dentro de una cáscara de niño, incluso llegué a imaginar que era un enano, pero evidentemente era demasiado alto para serlo.

Bueno, quizá no era tan alto, pero debía alcanzar al menos 20 centímetros más arriba que yo. ¿Y yo? Pues debo decir que tenía un tamaño bastante compacto y manejable. Me refiero a que todo me quedaba muy a la mano. Efraín, un antipático compañero de la escuela, solía decir que mi cara estaba relativamente cerca de mi ombligo, mi cuello muy próximo a mis rodillas, mis orejas al suelo…

No lo puedo negar, yo era de las pequeñas del curso; la número dos de la fila. Desde siempre fui tamaño mascota.

Conservo todavía los disfraces que usé en las fiestas especiales cuando estuve en el jardín de infantes. Jamás pude ser princesa o bruja o rey mago, siempre me tocó hacer de ratón, abeja o pollito, sin olvidar el estúpido disfraz de Pulgarcito que me otorgó el apodo durante algunos meses.

Al ver una fotografía en el álbum, recuerdo indignada que, en una de las presentaciones del jardín de infantes, H hizo de príncipe y tuvo que besar a la pesada de Andrea, que hacía de Blanca Nieves, mientras yo miraba el romántico espectáculo disfrazada de enano gruñón.

H era además muy delgado y llevaba el cabello cortísimo. Tenía dos ojos, una nariz, una boca y dos orejas. Con esto quiero decir que era bastante normal, sin embargo, Andrea, Carolina y Claudia, las detestables, pensaban que era el mejor exponente masculino de la historia de la primaria del Instituto San Isidro.

Para mí, él era H y punto, mi amigo silencioso.

El camino a la escuela y el obligatorio compartir del aula de clases nos convirtieron en buenos amigos. Lo que en un inicio fue un intercambio de saludos, de a poco fue transformándose en palabras, en gestos comunes y en mucha risa. Sin darme cuenta, un día cualquiera yo había olvidado que H era un insoportable niño y lo había adoptado como mi amigo.

Siempre llamó mi atención su manera de expresarse. Y es que lo hacía utilizando palabras muy poco conocidas para mí; recuerdo que una vez mientras hacíamos una tarea en casa me dijo: —Ant, me gusta mucho que tu madre sea tan desprendida.

Al escuchar esa frase, yo creí que mi madre se estaba desprendiendo en pedazos como una pared, pensé que caminaba torpemente y que daba la impresión de que caería en cualquier momento. Creí, incluso, que su blusa se había descosido y que se le notaba la ropa interior. Imaginé que H se refería a que mi mamá le parecía muy despistada; en fin, no supe qué decir.

H me miró y concluyó:

—Quiero decir que tu madre es muy generosa, Ant.

Sí, H me hablaba con palabras muy difíciles, y a veces me sentía tan avergonzada que evitaba preguntar sus significados para no lucir tan ignorante.

Pero hubo algo que no debí dejar pasar... nunca cuestioné su manera de llamarme.

En un inicio, llegué a pensar que lo decía de

cariño, incluso me parecía original, todos me llamaban Toni, pero H era el único que había decidido llamarme Ant.

Cuando caí en cuenta de su patraña, fui hasta su casa y toqué la puerta, H abrió y antes de que pronunciara ninguna palabra irrumpí con un ofensivo griterío:

—¿Sabes lo que es esto? —le pregunté, mientras le enseñaba un pequeño libro.

—Sí —dijo inmutable—, es un diccionario inglés-español.

—Pues sí, y ¿sabes lo que encontré en la primera página?

—La letra A, supongo.

—Lee aquí, zoquete, dice: Ant Hor-mi-ga. ¿Tú lo sabías, verdad? Lo sabías y te burlabas de mí, y yo como idiota celebraba tu originalidad, incluso he firmado en mi pupitre como Ant, sin saber que me estabas tratando como a un bicho. ¡Te odio!

Fue la primera vez que vi a H reír escandalosamente, mientras repetía la palabra hormiga, hormiga.

—Bien —dijo entre risas—. No me parece del todo descabellado, eres pequeña, delgada e hiperactiva, pero creo que, si elegiste ese camino, deberías investigar un poco más, Ant.

—No me vuelvas a llamar Ant, bicho malagradecido.

—Bicho… bicho… bicho… bonita palabra, me gusta.

Salí como un trueno de casa de H y pensé que esa sería la última vez que hablaría con él. Sólo que algo retumbaba en mi cabeza: ¿qué quería decir con investigar un poco más? En todo caso, pensé que más me valía olvidar aquel episodio si no quería arruinarme el resto de la vida.

Pero no lo logre fácilmente, aquella tarde estuve a punto de llorar de pura rabia, me sentía decepcionada; luego de haber accedido a compartir mi territorio, mi calle, mi parque, mis historias con H, descubría por pura casualidad, que se había burlado de mí.

Si ese diccionario inglés-español no se hubiera cruzado por mis manos, jamás habría entrado en él, no habría rondado por su primera página en la que aparecía en letras negritas, como las hormigas, la horrorosa palabra Ant.

Por un instante, me provocó destruir, quemar, eliminar el diccionario y echar todo al olvido; pero no podía, lo uno porque el diccionario era de mi papá y lo otro porque aún recordaba la risita burlona de mi vecino al que ya ni siquiera quería nombrar.

Los días pasaron sin que H y yo volviéramos a hablarnos. Si de casualidad nos encontrábamos en la misma acera rumbo a la escuela, hacíamos como si fuéramos dos desconocidos.

Jamás se lo dije, pero aún con la rabia, lo extrañaba.

El diccionario

Poco tiempo después, H llegó hasta mi casa. Abrí la puerta dispuesta a proferirle todos los insultos que alfabéticamente tenía guardados en mi memoria (desde asno, baboso y canalla, hasta zopenco) y, antes de que lograra hacerlo, me dijo:

–¿Sabes lo que es esto, Ant? –y levantó con su mano derecha un libro grande, de pasta dura y con al menos siete millones de páginas (está bien, exagero, quizá no eran más de 800).

–¿Crees que soy tonta? –le contesté con mi infalible risa irónica–. Es un diccionario.

—Te lo dejo, adentro hay algo que puede interesarte.

Se acercó, me entregó el diccionario, y se fue, tan tranquilo e indiferente como siempre.

—No lo haré, no lo haré, no lo haré —pensé yo, mientras daba vueltas alrededor del jardín—. No abriré este diccionario, no lo haré.

Transcurrieron cinco minutos y, para entonces, ya tenía la certeza de que me daría por vencida, la curiosidad me había derrotado. Tomé el grueso libro y sentí que traía algo en su interior que separaba sus páginas.

De inmediato, mi corazón se aceleró y pensé que H había introducido en el libro una carta para mí. La imaginé en un papel blanco, impecable, perfumado, con perfecta caligrafía en tinta azul, cerré mis ojos y pretendí imaginar lo que H hubiera escrito para mí:

"Por favor, perdóname, María Antonia, quiero pedirte, suplicarte, si es necesario, implorarte, que vuelvas a ser mi amiga. Te extraño, te necesito, te admiro, eres la mejor amiga que jamás he tenido. Por favor, devuélveme la alegría de tu amistad. Tu arrepentido vecino: H".

La idea de que el elemento que estuviera separando las páginas del diccionario fuera una carta se desvaneció en mi mente. H tenía una letra fatal y era un chico de muy pocas palabras, por lo tanto sería muy malo a la hora de escribir.

Entonces, otra idea surgió en mí: quizá aquello que se escondía entre las páginas del diccionario era una rosa roja. Esa escena la había visto en numerosas telenovelas: una rosa aplastada que hacía suspirar a quien la encontraba. De inmediato, me imaginé entre pétalos rojos aceptando con cierto aire de seriedad las disculpas del arrepentido y adolorido corazón de H. Llegué a pensar que, de encontrar la rosa, la conservaría junto a mí por el resto de mis días. Dormiría con ella bajo mi almohada y aspiraría su delicioso aroma, hasta cuando comenzara a despedir el espantoso olor a aliento de perro que arrojan las flores secas. Y pensé que si alguien alguna vez me preguntara: "¿Quién te regaló esa rosa, Toni?", yo sonreiría y, adoptando el papel de mujer muy importante, contestaría como en las telenovelas: "Es un secreto, no te lo puedo decir".

También esta idea se esfumó, H era demasiado ecologista como para cortar la flor de una planta. No niego que esta última reflexión me provocó cierta tristeza, pero también un gran alivio. Me refiero a que si el espíritu ecológico de H lo convertía en un chico incapaz de cortar una rosa, para mi suerte, tampoco se atrevería a aplastar dentro de un diccionario a una lagartija o a una araña.

Mis posibilidades de encontrar alguna prueba romántica del arrepentimiento proveniente de H casi desaparecieron, hasta que otra brillante idea me asaltó:

"¿Cómo no se me había ocurrido antes? Un tipo tan corto de palabras seguramente recurrió a una tarjeta de las que venden en los centros comerciales, de aquellas que ya traen los mensajes escritos", pensé emocionada.

Con el libro todavía cerrado entre mis manos, intenté imaginar cómo sería la tarjeta. Quizá llevaría la ilustración de un osito o de un perrito o de un gatito o de un pajarito o de un elefantito o de un… ¡basta de boberías!, sentí que tanto diminutivo me provocaba náuseas. Preferí imaginarla con una fotografía; tal vez un atardecer con sol, mar y con una frase sobre la arena que dijera simple y llanamente Perdón.

Como siempre, anduve muy lejos de la realidad.

Cuando abrí el diccionario, encontré un palo de helado que hacía las veces de separador de páginas. Muy emocionante, ¿no? Muy divertido, ¿no? Muy ingenioso, ¿no? Sentí nuevamente que la furia invadía cada uno de mis 132 centímetros de estatura.

Estuve a punto de salir de casa y lanzar el pesado libro de kilo y medio contra la ventana de la habitación de H; pero, por suerte, la cordura me contuvo y subí rápidamente las gradas hasta llegar a mi habitación.

Cerré la puerta y me dispuse a descubrir qué rayos quería H que investigara en el diccionario de la lengua española.

El palo de helado marcaba la página 52 y una mancha de chocolate había caído sobre la palabra anticuario.

Revisé detenidamente todo el listado de palabras que aparecían en esa página: *anticipar, anticuado, anticuario, anticuerpo, antídoto, antifaz, antipasto, antipático, antojo, antología, antorcha, anturio...* en fin, no me sentí capaz de comprender el mensaje.

Todo tipo de barbaridades cruzó por mi mente: "¿Será que H me quiso decir que le parezco *antipática*? ¿Será que se le antoja burlarse de mí? ¿O quizá le parezco tan fea que me sugiere usar un *antifaz*?".

Poco faltó para que me volviera loca al tratar de atar los cabos sueltos que me condujeran a descubrir el mensaje oculto que H me había entregado.

Llegué a pensar que se había equivocado y que en lugar de la 52 debió marcar una página anterior, la 46, porque en ella aparecía claramente la palabra *amor*. Leí pausadamente su definición como intentando una salida a mis dudas sobre la intención de H:

Amor (del lat. *Amor, -oris*) s.m. Conjunto de fenómenos afectivos, emocionales y de conocimiento que ligan una persona a otra, o bien a una obra, objeto o idea.

Sí, está bien, había escuchado a los mayores que el amor era complicado, pero nunca imaginé que lo fuera tanto. Aquella tarde decidí que jamás me enamoraría de nadie, porque me desagradaba imaginar que alguien pudiera provocar en mí *fenómenos afectivos*.

Por suerte, unas líneas más arriba del complicado *amor*, encontré la palabra *amistad*, y su significado me devolvió el aliento:

Amistad (del lat. *Amicitia*) s.f. Relación afectiva y desinteresada entre personas.

Aquella noche me acosté con la cabeza repleta de ideas y palabras; sólo una cosa me hacía falta: claridad.

A la mañana siguiente, a las 6 y 15, puntual como casi siempre, salí rumbo a la escuela. H apareció de inmediato y me dijo:

–Hola, Ant.

–Hola –contesté, y a partir de entonces permanecí en silencio durante varios minutos.

Antes de que llegáramos a la escuela, me detuve en el parque de los eucaliptos y le dije:

—Traje tu diccionario para devolvértelo, H. Lo siento, no encontré aquello que tú piensas que me podría interesar.

Saqué el pesadísimo libro de mi bolso y lo puse sobre sus manos. Él me miró y no dijo nada. Se sentó en la banca y comenzó a pasar las páginas lentamente.

Después detuvo su dedo índice en una palabra, me pidió que me acercara y me dijo:

—¿Sabes qué dice aquí?

Me incliné y leí en voz alta la palabra anturio.

—¿Sabes lo que es? —me preguntó.

—No.

—Es una flor, como esas —dijo, señalando a un sector del parque donde había cien-

tos de unas hermosísimas flores de color rosado.

–Ah… –respiré aliviada–. Entonces lo que quieres decir es que soy como una hermosa y delicada flor silvest…

H colocó abruptamente la palma de su mano sobre mi boca, impidiéndome que continuara con mi discurso y, muy firme, me dijo:

–La palabra *anturio* comienza con ant. Lo que quiero decir es que tu nombre puede ser una hormiga o una flor. Tú eliges. Yo sólo espero que siempre elijas aquella que sea mejor.

De vuelta a casa, esa noche, volví a revisar en mi pequeño diccionario todas las palabras que iniciaban con ant, y luego de pasar muchas páginas pensé que amigo debería escribirse con H.

La Geografía

La lección que H me dio con lo del diccionario dejó muchas inquietudes en mí.

Hasta entonces, mi contacto con ese libro se había limitado a las tareas de la escuela, es decir, a consultar sólo aquellas palabras que la maestra sugería. Jamás se me ocurrió dirigirme espontáneamente al diccionario para enterarme de lo que traía dentro. Bueno, debo hacer una corrección, sí hubo una oportunidad en la que recurrí a él en busca del significado de una palabra.

No me atrevo a repetirla... era una palabrota, de esas que se escuchan en el estadio o en un insulto de auto a auto o en algunas películas que pasan por televisión. Es una que hace referencia a... No, perdón, no me atrevo a repetirla. Sólo lo confieso porque no creo ser la única persona en el mundo que ha pasado páginas y páginas de un diccionario en busca del significado de esa palabrota.

Y lo peor de todo es que en aquella oportunidad llegué hasta la página 684 y me encontré con una descripción que me dejó más confundida que al inicio.

Cuando le comenté a H sobre esta historia, me dijo que alguna vez él también había hecho lo mismo, pero que en el camino se encontró con otras palabras que le parecieron mucho más interesantes. Me repitió términos como púrpura y puntal.

—¿Las conoces? —me preguntó.

Un poco avergonzada, tuve que decirle que no. Días más tarde, me acerqué orgullosísima y le dije enfática:

—Necesito que seas mi puntal en el deber de Geografía.

Él me miro, sonrió y me contestó con un sonoro "acepto".

H era uno de esos alumnos que haría sentir realizado a cualquier maestro en su tarea *desbrutalizadora* en favor de la humanidad; pero estoy segura de que todo lo que H sabía no necesariamente correspondía a una diligente y notable contribución de los profesores. H leía. Con frecuencia, lo veía entregando buena parte de su tiempo a los libros. No me refiero a los libros de la escuela, a los de Ciencias e Historia, hablo de los otros… de aquellos que habitan en las bibliotecas o en las librerías.

Cuando un día me preguntó si yo leía, le contesté con un "por supuesto" que retumbó en toda la escuela. Luego me dijo:

–No te he preguntado si sabes leer, quiero saber si *sueles* leer con frecuencia.

La utilización de ese sueles me resultó simpática, era una más de esas palabras extrañas con las que H acostumbraba sorprenderme.

–Claro que suelo –le contesté con seguridad, para luego retroceder y admitir que leía muy poco o casi nada.

–No te preocupes, Ant –me dijo relajado–, algún día los libros serán tu puntal.

Yo no era una mala alumna, lo justo sería decir que estaba en el promedio, mis notas eran lo suficientemente buenas como para no repetir el año, y lo suficientemente malas como para que mamá sufriera un poquitín en cada período de exámenes. Sólo una materia se había convertido en mi martirio permanente: Geografía. Cada vez que me enfrentaba al nombre oficial de un país o de un río, de una montaña, de un continente... cada palabra me sonaba a chino. Y a esto hay que sumarle un dato importante, todo indicaba que el maestro de Geografía, el señor Olmedo, se había planteado como reto de vida que yo comprendiera y aprendiera cada detalle de la distribución política, física e hidrográfica del mapamundi.

Sin embargo, continuamente yo lo enfrentaba a su fracaso como maestro.

Aún recuerdo la ocasión en la que contesté, en plena clase, con total convicción y solvencia, que el río más importante de Asia era el Everest.

El mío era un caso perdido, siempre lo supe.

Y a pesar de todas las explicaciones, todavía no comprendo el afán por complicar las cosas: pienso que si un país se llama República de Maluma, su capital debería ser Ciudad de Maluma, y el principal río debería llamarse Gran Maluma, y su moneda debería ser el peso malumita, y los habitantes deberían ser llamados malumitas, y su montaña más representativa debería ser el Alto Maluma.

Pero no, he llegado a convencerme de que hay una intención universal por bautizar a los

países, ríos y montañas con los nombres más complicados y difíciles de recordar.

Para H, por el contrario, la Geografía no sólo le resultaba fácil, sino (esto es insólito) le parecía fascinante. Y es que H tenía espíritu de viajero, el planeta no le alcanzaba para cumplir con todos sus anhelos de viajar y conocer lugares (y montañas y ríos y demás).

Sólo había una materia que lo asustaba… lo espeluznaba, estoy segura de ello, me refiero a Ortografía, y para compensar a la naturaleza, en ella yo me sentía toda una triunfadora.

H no tenía idea del lugar donde debía colocar una tilde o una coma o un punto seguido. No podía diferenciar entre una s, una c y una z.

—Suenan igual, Ant —me dijo un día—, no sé por qué tanto interés en buscarles las diferencias. Y si te fijas, lo mismo sucede con la b de burro y la v de vaca. Estoy seguro de que la vaca no se enojaría si a partir de hoy la llamáramos baca, y el burro no se molestaría si hoy lo denomináramos vurro.

Que H comprendiera y disfrutara de la Geografía me resultó muy práctico el día en que el maestro Olmedo me envió una tarea especial para que pudiera recuperar varios puntos perdidos en un examen. El trabajo consistía en dibujar en un gran cartel el mapamundi, con nombres de países, capitales, océanos, mares, paralelos y meridianos; y en el extremo inferior del cartel debía escribir la cifra aproximada de la población mundial.

A simple vista, parecía un trabajo sencillo y fácil de resolver, pero no fue así.

En cuanto llegué a casa, me acerqué a la biblioteca que teníamos en una habitación llamada estudio, pero que en realidad albergaba todo tipo de elementos ajenos al estudio, entre ellos una caña de pescar y una colección de sombreros de mi papá.

La biblioteca de mi casa era muy limitada… extremadamente limitada… era verdaderamente una vergüenza. Mi padre era un superlector del periódico y de las revistas de deportes.

Mi madre leía novelas de las que venían en las revistas de moda y todos los libros de cocina que se cruzaban por sus manos. Mis tías solteronas tenían la colección completa de los horóscopos y una gran cantidad de libros sobre velas con olores y otros con guías gráficas para masajear los pies.

La salvación lectora de mi familia eran mis abuelos que devoraban toda clase de libros de aventuras, de condes y duques, de investigadores, de policías y juzgados, etc.

Durante muchos años, ellos realizaron los principales aportes para nuestra biblioteca.

Cuando me acerqué al librero, pasé el dedo por cada título: Mecánica popular, Álgebra de Baldor, Cocinemos con Kristy, Enciclopedia de computación: fascículo 1, Enciclopedia de computación: fascículo 2, El museo del Prado, Almanaque mundial... ¡Ahí estaba! Ese libro salvaría mi tarea. Lo tomé emocionada y cuando me dispuse a entrar en él, un gran número que se dibujaba en la portada me sorprendió ingratamente: 1987.

Para mi mala suerte, los datos más actuales que pude encontrar en mi casa sobre la población del mundo, eran más viejos que yo.

Antes de caer en angustias, llamé por teléfono a H y le recordé que había accedido a ayudarme. En menos de cinco minutos estuvo en mi casa con un grueso libro bajo el brazo.

Tres horas después habíamos concluido el deber. El dibujo del inmenso mapamundi en un pliego de cartulina nos había quedado de maravilla. Todos los países tenían su nombre y su capital con un circulito rojo. América se veía particularmente hermosa, quizá por la intensidad de los colores con los que la pintamos.

En el extremo inferior de la cartulina coloqué la cifra solicitada y previamente consultada en el almanaque actualizado de H: el planeta tiene seis mil millones de habitantes (eso quiere decir un 6 acompañado de 9 ceros).

Agotados por tanta energía derrochada en la horrible Geografía, me tumbé sobre un viejo sillón mientras H se recostó sobre la cartulina que yacía en el piso. Él abrió sus brazos y me dijo:

—Ant… ¿en qué lugar del mapamundi te gustaría vivir?

Me arrodillé junto a él, le pedí que se retirara para tener una visión completa de todo el mundo y comencé a recorrer con mi dedo índice algunos países.

—Los polos quedan descartados, H, me moriría del frío. Las islas también están eliminadas, soy claustrofóbica y me sentiría atrapada por el mar. Tampoco podría vivir en los países selváticos de América o África, recuerda que tengo miedo a las arañas y a todos los bichos. Ahora descartaré aquellos en los que se habla un idioma que yo desconozco: adiós Francia, adiós Italia, adiós Rusia, Holanda, Japón, China, toda África, toda Asia, casi toda Europa, toda Oceanía. Finalmente eliminaré aquellos a los que se llega por vía aérea, ya sabes que tengo miedo a los aviones… Creo que me gusta vivir en mi país, H, no me movería de aquí.

Cuando se lo dije, coloqué mi dedo índice en mi pequeño país, al que había pintado de color verde, y mi dedo casi lo tapó por completo.

H volvió a recostarse sobre el mapamundi, cerró sus ojos y comenzó a mover sus brazos como las manecillas de un reloj; de pronto se detuvo y dijo:

—Aquí, Ant, aquí me gustaría vivir.

Abrió sus ojos y miró el punto que al azar su dedo había señalado: era Portugal, una franjita color marrón al lado de España. Junto al circulito rojo decía Lisboa.

H sonrió y comentó:

—Por aquí, por aquí comenzaré mi viaje.

No me resultó nada fácil comprender por qué H querría vivir en otro país; pensé que quizá este no le gustaba.

Me levanté, lo tomé de la mano y lo llevé hasta la ventana de la habitación de mis padres.

—¿Ves? Ahí hay una montaña que tiene nieve, ¿no te parece hermosa? Mira el cielo, ¿te fijas? Es más azul que el azul de las cajas de colores. ¿Y los árboles? ¿No te parece fantástico que vengan con pajarito y nido incluidos?

—Sí, Ant, claro que me gusta todo eso, pero yo quiero conocer otros lugares, otros árboles y otras personas, quiero recorrer todo el mundo.

Tampoco entendí esta vez. Yo no conocía el mundo, pero no sentía la falta. Aquí tenía mis amigos, mi familia, mi calle, mi parque, mis abuelos, mi kiosco de revistas. Aquí tenía a H, y ese era otro de los motivos

para no querer moverme de mi pequeño
país pintado de verde.

El miedo

Mi trabajo de Geografía me otorgó dos puntos más en la nota del examen mensual. Con eso salvé mi dignidad, mi mesada, el buen ánimo de mis padres y por cierto… mi imagen ante del maestro Olmedo.

Sin embargo, cada vez que miraba el cartel con el mapumundi y Portugal se cruzaba por mis ojos, un escalofrío extraño me sacudía. No quería pensar en que H se fuera y menos aún a Lisboa, donde, luego me enteré, se habla un idioma que ni él ni yo conocemos.

En este punto podría parecer que H y yo habíamos logrado un diálogo permanente y fluido, pero admito que aún el panorama no se presentaba tan halagador. En muchas oportunidades me parecía que se comunicaba más fácilmente con otros chicos y chicas de la clase.

A H no le avergonzaba, como a mí, inscribirse en todas las obras de teatro que inventaban los maestros. En los recreos, se la pasaba metido en las canchas de fútbol, como si lo único que existiera en el planeta fuera un balón blanco y negro. En las aburridas fiestas de cumpleaños era el bailador por excelencia; y esto me costaba muchísimo trabajo de comprender, sobre todo porque yo me consideraba la hermana gemela de un poste de alumbrado. Todos me decían que yo bailaba al más puro estilo alemán.

H no dejaba de sorprenderme, y en más de una oportunidad me molestó el hecho de preocuparme tanto por él, por sus gustos y disgustos.

Algún tiempo transcurrió hasta que H y yo pudiéramos mantener una conversación fluida.

De regreso a casa, aquella tarde en que decidí mostrarme absolutamente honesta sobre mis miedos, nuestro diálogo fue lo más parecido a un pacto de confianza. Me prohibió que comentara con alguien sobre su temor a la memoria y, a cambio de mi silencio, aceptó ayudarme en las tareas de Matemáticas. Por todos era conocido que mi peor debilidad en el aula, después de la Geografía, eran los números.

Nuestra conversación surgió a propósito de una tarea que nos envió la maestra de Lenguaje, en la que nos pedía escribir una redacción de máximo 20 líneas, sugerida por una fotografía que aparecía en nuestro libro, a la que el autor había denominado miedo. La imagen mostraba un amplio espacio blanco, con un hombre en medio, vestido de negro. El hombre posaba con el cuerpo completamente rígido. Por un efecto de retoque fotográfico, su rostro aparecía sin boca. Los ojos estaban completamente desorbitados, y no sólo mostraban miedo sino terror.

Aquella tarea nos obligó a pensar en las cosas o situaciones que podían provocarnos esas patéticas sensaciones.

Para mí no fue nada difícil porque le tenía, y tengo aún, miedo a casi todo.

El miedo más... (perdón por la redundancia, pero lo amerita), el miedo más miedoso que sentía, era el que sufría cada vez que me subía a un avión.

Aún no puedo comprender cómo diablos hace un armatoste de varias toneladas para mantenerse en el cielo como si nada. Además, como ya lo he dicho antes, la claustrofobia me ahoga. Quizá si, durante el vuelo, el pasajero pudiera abrir la ventanilla y dejar que el viento entrara y le moviera el cabello; si pudiera sacar la cabeza como las mascotas cuando van en el auto; si en lo mejor del paisaje el piloto-chofer pudiera detenerse en la orilla del cielo y permitir que todos bajen a estirar sus piernas y ver de cerquita la cima de los nevados, las nubes blancas y las grises... quizá así, con esas pequeñas variables, sería menos desagradable el acto de volar en avión.

El segundo miedo era el que me producían las arañas. Lo mantengo intacto todavía. Y es que esos desgraciados bichos me parecen aterradores. El movimiento cíclico de sus patas, la red macabra que tejen para cazar a las moscas y a los débiles zancudos, y el aspecto tan poco atractivo de su forma, me producen pánico. Mi miedo llegaba a tal punto, que cuando encontraba en un libro una fotografía de una araña, arrancaba la página para no volvérmela a encontrar. A diferencia del caso de los aviones, en que había pensado algunos detalles que podrían salvar mi miedo y cambiar mi visión sobre ellos, en cuanto a las arañas no encontraba salida.

Que los ecologistas sepan disculpar, pero me daría por satisfecha si las arañas se extinguieran.

Cuando H me habló de su miedo a la memoria, no supe qué decir. En principio me pareció que me estaba tomando el pelo, por lo que lo miré y lo miré, esperando que una sonrisa lo traicionara, pero no, definitivamente hablaba en serio.

–¿A la memoria? Extraño, ¿eh?

–No –contestó él–, no es extraño.

Y dando media vuelta levantó su mano, me revolvió el cabello como todos los días y se despidió.

Antes de cruzar la calle, me dijo:

—Oye, Ant, ya sabes que soy muy malo para la Ortografía, ¿podrías revisar mi tarea antes de entregársela a la maestra?

Por supuesto contesté que sí. Esa era una superoportunidad para devolver el favor que H me había hecho con el mapamundi, y para enterarme, antes que el resto de la clase, de los miedos de mi amigo.

La curiosidad me abordó durante toda la tarde. Me moría por saber qué escribiría H en su redacción sobre el miedo; cómo podría explicar que le atemorizaba esa cosa tan etérea que es la memoria.

Durante toda la tarde esperé, con diccionario en mano, a que H llegara con su deber para que yo lo pudiera revisar y corregir.

Esperé en vano; jamás llegó.

Al día siguiente, antes de entrar a la clase, le dije:

—¿Y…? Te estuve esperando.

—Discúlpame, Ant, terminé la tarea muy tarde y le pedí a mi mamá que me ayudara con la Ortografía.

Ya en la clase de Lenguaje, cada uno pasó en su turno a leer su breve composición. La mía, que he relatado ya, se titulaba *Odio los aviones*.

Andreíta *la indeseable* no pudo ser más convencional. Confesó en su lectura cursi, que su más grande miedo era a perder el cariño de todos sus amigos de curso. Días después se postularía para la presidencia del consejo estudiantil.

Debo decir que muchas lecturas resultaron trilladas y monótonas; ciertos temas como la soledad, las ratas y la oscuridad aparecían con cierta frecuencia.

En cambio, otras tantas redacciones me sorprendieron por lo entretenidas y creativas. Eduardo Borja, por ejemplo, escribió sobre el miedo que le producían las sopas. A la tarea que presentó le puso el título *Sálvame Superpostre*, y en esta contó un sueño repetitivo, que ha sufrido desde que era casi un bebé, en el que se ve frente a un plato de sopa de fideos. Cuando está a punto de llevarse a la boca la primera cucharada, la sopa se convierte en un monstruo acuoso que lo atrapa con sus fideos y lo lanza dentro de un abismo de coles y espinacas.

Lo único que le salva de esa pesadilla es la aparición repentina de un héroe llamado Superpostre, que es un gran hombre de helado con capa de chocolate y nariz de cereza, que le extiende su musculoso brazo para salvarlo de los tentáculos del monstruo de sopa.

No todos celebraron la redacción de Eduardo, probablemente porque no la entendieron, pero quienes hemos sufrido la persecución de la sopa espesa de harina de maíz podemos solidarizarnos con su temor.

Para cuando llegó el turno de H, la curiosidad me había invadido. Tomó su cuaderno, se ubicó en frente del salón y leyó el título de su composición: Las abominables guerras.

De inmediato, pasó a leer un breve relato en el que tocaba temas como los bombardeos, la muerte de seres inocentes, la destrucción y el horror que, día a día, retrata y transmite la televisión sobre los países que se encuentran en esa situación.

H concluyó su exposición con una frase tan co-mún y corriente que me decepcio-nó en lo más pro-

fundo. No niego que su frase era auténtica y muy sentida, pero creo que eso lo hubiera podido decir cualquiera. Dijo algo como: "Temo mucho a la guerra y sueño con un mundo de paz para esta y las próximas generaciones".

Su trabajo mereció el aplauso de todos. La maestra lo felicitó tanto por el tema como por su magnífica capacidad de re-dacción.

Yo no aplaudí. Acepto que su lectura me conmovió, pero me sentí engañada. Sólo yo sabía que H había rehuido al tema que en realidad lo atemorizaba: la memoria. Al mismo tiempo, una mayor curiosidad me asaltó: ¿por qué lo ocultaba?

Esperé hasta la hora del recreo, me acerqué a H e, irónica, le dije:

—Bien, H, muy bien, te felicito, nos convenciste casi a todos.

H me miró, guardó sus libros en el pupitre y salió sin decirme nada. Yo lo seguí, lo alcancé en el patio y le reclamé:

—¿Por qué mentiste, H?

—No he mentido —contestó—. La idea de vivir una guerra me da mucho miedo.

—Sí, a mí también, pero tú me habías dicho que…

—Que nada, Ant, no quiero hablar más sobre el tema.

—Pero, H…

—Por favor, Ant.

H continuó caminando hasta la cancha de fútbol, donde se juntó con otros chicos y se alejó hasta que lo perdí de vista.

En los días siguientes, H no volvió a referirse a ese asunto. Cuando cualquiera lo felicitaba por la supernota que la maestra le había asignado, él agradecía, sonreía y cambiaba abruptamente de tema, más aún cuando yo me encontraba presente.

En un principio, la intriga y la incertidumbre me dieron oportunidad de pensar en los cientos de razones por los que H habría preferido no referirse a su temor real a la memoria. Luego pensé en la posibilidad

de que H me hubiera mentido y de que, en
realidad, sintiera miedo únicamente a las
guerras.

La verdad

Días después, cuando casi habíamos olvidado este incidente, H me invitó a almorzar a su casa. No había nada de extraño en este gesto: en múltiples oportunidades yo había comido en su casa y él en la mía.

—Hay alguien a quien te quiero presentar —me dijo emocionado.

—¿A quién? —le pregunté—. ¿Tienes algún primo guapo de 12 años en adelante?

—Nada de eso, Ant, es una sorpresa.

Aquella tarde fui a su casa; la mamá de H tenía listo el almuerzo para los dos. En ningún momento vi a nadie ajeno a la familia. Pensé entonces que quizá esperaban a un invitado que a última hora no había llegado. Cuando nos levantamos de la mesa, le dije:

—¿A quién querías presentarme?

—Ven conmigo —dijo H, y me hizo señas para que lo siguiera.

Subimos las gradas y nos dirigimos hacia una puerta cerrada. H tocó muy suavecito y, sin esperar contestación, abrió la puerta y entró. Detrás de él pasé yo.

En la habitación, sentada frente a la ventana, estaba una mujer muy delgada de cabello blanco y manos arrugadísimas.

—Hola, abuela, ¿cómo estás? —dijo H.

La mujer volteó, sonrió, abrió sus brazos y contestó:

—Nicanor, hijito, qué alegría me da verte.

H se acercó, le dio un beso en la mejilla y continuó:

—Soy H, abuela y he traído a mi amiga Antonia para que te conozca.

—¿Antonia? ¿Es tu novia, Nicanor? ¿Te vas a casar con ella? —preguntó la abuela muy seria.

H y yo no pudimos contener la carcajada. Él dijo entonces:

—No, abuela, nada de eso, Antonia es mi amiga; vamos juntos a la escuela, vive en la casa del frente y jamás me casaré con ella, te lo puedo asegurar.

Yo me acerqué, extendí mi mano y pronuncié la manida y formal frase que se necesita en estos casos:

—Hola, señora, me da gusto conocerla.

Ella me miró con dulzura y me contestó:

—Llámame Edelmira y dame un beso, Antonia.

Luego se volvió para mirar a H y le dijo:

—¿Ya has comido, Nicanor? Te veo muy delgado. Si tienes hambre, tengo unas galletas de avena en el cajón de mi mesita.

—Soy H, abuela, y no te preocupes, acabo de almorzar.

No pude soportar la curiosidad y me acerqué discretamente a H y le pregunté por qué su abuela lo llamaba Nicanor.

—La abuela es muy mala para los nombres —me contestó en voz muy bajita—, no los recuerda con facilidad. Bueno, la verdad es que la abuela recuerda muy pocas cosas; ha perdido la memoria.

H tomó un pesado libro que reposaba sobre la mesa de noche y dijo:

—Ponte cómoda, abuela, el capítulo de hoy es un poco largo.

Yo me senté en la alfombra y me dediqué a observar cada detalle que se presentaba ante mis ojos. H se colocó frente a Edelmira en un banco de madera y comenzó a leer en voz alta página tras página de un libro que, según su portada, se llamaba *Momo*.

No soy capaz de repetir o de describir la historia que H leyó. No puse la más mínima atención a sus líneas. Todos mis sentidos estaban despiertos y orientados al rostro de la abuela de H, que abría sus pequeños ojos cuando quizá algún pasaje de la lectura llamaba su atención. Luego colocaba su arrugado y flaco dedo índice a la altura de su mejilla y, poco a poco, el dedo recorría su propio camino hasta tropezar con uno de sus labios.

H no había alcanzado ni la quinta página del libro, cuando el sueño venció a Edelmira.

Un ronquido leve alertó a H, que de inmediato interrumpió la lectura. Se acercó a la ventana, corrió la cortina y colocó una manta sobre las piernas de su abuela. En silencio me sugirió que saliéramos de la habitación.

Nos dirigimos hacia el jardín y entonces H contestó a todas las preguntas que no alcancé a formular, pero que flotaban en mi cabeza.

–Mi abuela ha perdido la memoria.

Me comentó que no hubo un incidente especial que provocara esa situación y que si lo había, él no lo conocía. Simplemente, un día su abuela comenzó a olvidarse de las cosas.

Me contó que, al principio, olvidaba dónde había dejado las llaves, su bolso, el peine; luego se dieron cuenta de que le costaba trabajo recordar aquello que había sucedido unas horas atrás, ayer, la semana anterior.

–Yo caí en cuenta de lo que pasaba cuando la abuela dejó de decirme que yo era su nieto preferido. Quizá ya no lo recuerda. Cuando yo era más chico, cada domingo iba con mamá a visitarla. Apenas llegaba a su casa, corría hasta la cocina y me abrazaba de sus piernas y le decía: "¿Me has extrañado, abuela?". Ella me subía en sus brazos y me decía: "Cómo no extrañarte si eres mi preferido". Era un secreto entre los dos, un secreto que el resto de los nietos sabía, pero la abuela lo negaba con una mentira conciliadora: "Los quiero a todos por igual". La abuela me enseñó a leer, a escribir, a dibujar, a jugar. Las tardes de vacaciones me sentaba en sus rodillas, abría un cuento y me lo leía en voz alta. Solíamos ir juntos al parque del pueblo y esperábamos a que la banda tocara y tocara y tocara su música para todo el público que se reunía en las calles. Me contaba historias, me peinaba con mucha agua, me compraba todas las golosinas que mamá me prohibía para evitar los agujeros en las muelas. Mi abuela amaba los libros; por eso, ahora que ella no los puede leer y no recuerda ninguna historia pasada, soy yo el que leo en voz alta para ella. No sé si mañana lo recuerde y eso me entristece. Cada día cuando entro a saludarla, me siento frente a ella, y aunque me llama

Nicanor, Armando o Gabriel, sólo pretendo que grabe en su mente mi rostro, que no me olvide y que, si existe un espacio en su memoria, conserve una sola frase: "Te quiero, abuela".

Al decir esto, H se alejó y caminó por el jardín. Yo preferí no seguirlo; en la última frase que había pronunciado la voz se le había cortado. Imaginé que lloraba y que quería estar solo.

Me incorporé y dije:

—H, yo creo que tu abuela sabe quién eres y cuánto la quieres. Estoy segura de eso.

En ese momento, creí que lo más conveniente era retirarme. Dije un "gracias por la invitación", acompañado de un "adiós", y me detuve un segundo frente a la puerta del jardín.

H, aún de espaldas, levantó su mano y entendí ese gesto como una despedida.

Aquella noche en mi cama lo comprendí todo.

H tenía miedo a ser olvidado.

La fiesta

Las semanas siguientes intenté persuadir a H para que habláramos sobre los recuerdos, sobre el tamaño, la fuerza y el lugar donde habita la memoria, pero en cada oportunidad H encontró la manera de escabullirse del tema. Finalmente, decidí que quizá era mejor no presionarlo. Además, pensé que a mí tampoco me gustaría hablar y hablar sobre arañas, aviones o fantasmas, aunque debo admitir que, para ese momento y luego de todo lo que había vivido junto a H, mis miedos me resultaban ridículos, absurdos e insignificantes.

Quise olvidar el asunto. Si bien no lo logré, al menos pude dejarlo de lado.

Una mañana H salió de su casa con una sonrisota y camino a la escuela sacó de su bolso un sobre y me dijo:

—Toma, Ant, esto es para ti.

Abrí el sobre y recordé aquella ilusión de meses atrás, cuando soñaba con recibir una carta o una tarjeta romántica de H. Saqué la tarjeta y nuevamente mi ilusión se desvaneció.

La tarjeta tenía una ilustración del Hombre Araña y decía en letras rojas y azules "Te invito a mi fiesta".

—¿Qué es esto, H?

—¿No lo ves? El sábado cumplo 11 años y voy a dar una fiesta… estás invitada.

—Gracias.

No pude pronunciar una sola palabra más. En cuanto llegamos a la escuela, H se dedicó a repartir invitaciones a todo el mundo. Llegué a pensar que el único personaje que no estaría invitado era San

Isidro, porque como estaba convertido en una estatua a la entrada de la escuela, le resultaría difícil asistir.

Volví a sacar la invitación del sobre y, al ver al Hombre Araña, sentí que me mareaba.

Jamás imaginé que H, con toda su imagen de chico inteligentísimo y casi adulto, escogiera para su fiesta a un tipo con ridículo traje rojo-azul, lanzando telarañas hacia los edificios cercanos para trepar a las azoteas de la manera más complicada, en lugar de utilizar un común y corriente ascensor.

Además, me pareció de muy mal gusto que su héroe preferido fuera una representación del bicho que más miedo me provoca: la araña.

Todos los chicos y chicas de la clase tenían su invitación para la fiesta.

H comentaba por todos lados cosas como:

—Va a haber comida, música y diversión por horas y horas. Pueden llevar traje de baño, mi papá tendrá lista la piscina. Mamá alquilará dos películas del Hombre Araña. La fiesta comenzará a las dos de la tarde.

Yo odiaba las fiestas. A los diez años, no sabes si asistirás a una fiesta en la que un estúpido payaso te obligará a hacer mil papelones delante de los invitados o si, por el contrario, llegarás a una fiesta en la que tu compañero de escuela intentará besarte.

Durante toda la semana, H no hizo más que hablar de sus preparativos, que si la música, que si las hamburguesas, que si la ropa que llevará… en fin, durante esos días, H se pareció a cualquier chico, menos a él.

El día viernes, cuando nos despedíamos al regresar de la escuela, H me tomó de las manos fuertemente y me dijo:

—Ant, no te lo había dicho antes, pero tienes que saberlo. Estoy enamorado. Es alguien que me gusta mucho y mañana, en mi fiesta, le pediré que sea mi novia.

Me quedé como la estatua de San Isidro: blanca, fría y paralizada. Lo único que atiné a decir fue:

–¿Quién es, H? ¿De quién estás enamorado?

H me abrazó por primera vez en la vida, me dio un beso en la frente y me dijo:

–Todavía no te lo puedo decir, quiero que sea una sorpresa; por favor, espera hasta mañana. Sólo te puedo adelantar que me gusta de verdad y que nos comprendemos muy bien.

Nos despedimos y llegué a casa hecha un puñado de nervios. No podía evitar pensar que esa niña podía ser yo. Cuando H había recalcado "nos comprendemos muy bien", esa frase parecía dirigida únicamente a mí. Intenté hacer memoria y recordar si alguna vez había visto a H acercándose a otra niña con particular atención, pero no lo tenía presente. Siempre me había parecido que H se acercaba a todos por igual y que con la única que hacía una diferencia era conmigo.

Durante la tarde probé todos los peinados posibles

en mi complicado cabello de corte hongo. Desbaraté todo el armario en busca de algún traje que me favoreciera. Hasta ese día no me había preocupado de mi ropa, de mis zapatos ni de mi peinado; todo eso siempre me había parecido cursi y ridículo.

Al día siguiente, diez minutos antes de las dos de la tarde, llegué a su casa sumergida en una falda gris y una blusa azul que me quedaba divina. H estaba radiante.

No atiné a decir otra cosa que:

—¡Feliz cumpleaños, H!

H me miró con unos ojos en los que creí adivinar su gran amor, me dio un fuerte abrazo y me dijo:

—Gracias por venir, tú no podías faltar en este día tan especial.

Luego de esa frase, mi corazón se salió de su lugar y recorrió todos los espacios de mi cuerpo. Lo sentía latir en mi frente, en mis rodillas, en mi garganta y en mis brazos. No sé si los cardiólogos hayan estudiado este fenómeno patológico, pero la verdad es que cada vez que miraba a H, sentía que el corazón se escapaba de mis dominios.

Imagino que si esto en realidad sucede, lo más probable sea que el corazón pida a cualquiera de los otros órganos que lo cubra durante su ausencia. No me sorprendería que el hígado, el riñón o uno de los pulmones tuvieran que abandonar temporalmente sus puestos de trabajo para

suplir al corazón que estaría como loco, dando vueltas por el estómago.

Sí... ahora que lo recuerdo también sentí una especie de latidos dentro del estómago, y como nunca creí el cuento de las mariposas, asumo que finalmente encontré mi propia respuesta. Luego de este primer encuentro, le entregué su regalo, lo abrió y puso cara de me gusta mucho, aunque creo que le debió parecer patético. Era un libro titulado *Trucos de magia para adolescentes*. Durante toda la semana previa a la fiesta, le pedí a mi papá que me llevara a buscar un regalo para H, pero al parecer anduvo corto de tiempo y el viernes en la noche llegó a casa con amplia sonrisa de padre generoso y comprensivo, y me dijo que había encontrado el regalo perfecto para mi amiguito.

El libro elegido por mi padre me pareció horrible, nada más lejano a las intenciones de lectura de H. No añadiré más detalles, sólo puedo decir que entendí perfectamente aquel concepto tan trillado de la brecha generacional.

Entré a la casa de H y comencé a descubrir toda la decoración azul y roja con globos y telarañas en cada esquina. La figura del Hombre Araña aparecía en todas las ventanas, junto al equipo de sonido, en el pastel, en los platos, en los vasos, en el mantel, en su camiseta. Había, además, cientos de arañas de cartulina negra que complementaban esta singular decoración. Desde ese momento, preferí mantenerme a la máxima distancia posible de esos animalejos, que, aunque los sabía de papel, me provocaban cierta repulsión.

Por primera vez, quise tomar una actitud femenina. Caminé por todo el jardín imaginando el lugar más romántico que de seguro H elegiría para confesarme su amor.

En silencio, mientras H continuaba con los últimos detalles de decoración, me repetía mentalmente la frase adecuada con la que contestaría a su propuesta:

—Vaya, H, me tomas por sorpresa, jamás imaginé que tú…

Esa frase me pareció muy frívola, entonces pensé en una actitud más ingenua e insegura; quizá eso resultaba atractivo:

—Oh, no sé, no sé, tengo miedo, H.

No. Sonaba horrible, además H tendría un miedo más que sumar en mi larguísima lista. Luego pensé en algo que denotara más seguridad como:

—No me sorprende tu petición, H, me había dado cuenta desde hace tiempo…

Pedante. Insoportable. Quizá algo más convencional fuera oportuno.

—No sé qué decirte, H. Por favor, déjame pensar y el lunes te avisaré.

Parecía que esa frase, universalmente conocida y utilizada, ya había pasado las suficientes pruebas, y por ese motivo resultaba conveniente. Me decidí por ella y la repasé cien veces hasta aprendérmela de memoria para no balbucear a la hora de su confesión.

La gente comenzó a llegar. Pronto todos los compañeros de clase, los del club de teatro, los vecinos, algunos chicos y chicas de otros cursos, los primos de H y un montón de desconocidos (para mí) estaban entre la piscina, la pelota de fútbol, el equipo de sonido y las películas del Hombre Araña.

Yo me senté junto a la abuela Edelmira en el jardín, charlamos un rato sobre sus escasísimos recuerdos de gente que yo no conocía, y luego se detuvo en una larga, larga, larga sonrisa que no quise interrumpir. Parecía como si al ver tanta gente en casa viviera o recreara alguna escena de su pasado feliz.

No me metí en la piscina. Llevé mi traje de baño, pero no me sentí cómoda y me excusé diciendo que me sentía algo resfriada.

La verdad es que pensé ponerme el traje de baño, pero descubrí que Andrea, Carolina y Claudia, las detestables, tomaban el sol junto a la piscina con esculturales figuras de casi-mujeres.

Yo me miré frente a una de las ventanas que me sirvió como espejo, y salvo por mi falda gris, parecía un perfecto niño.

Además, el traje que yo llevaba en mi bolso era de un modelo completamente infantil. Me di cuenta de que tenía dibujos de animalitos en todo el frente y una sobrefalda con vuelos de colores rosa y celeste. Disimuladamente me acerqué a un basurero y lo eché sin piedad, no sin cierto resentimiento con mi madre que a esa hora no había descubierto que yo ya tenía casi 11 años y estaba a punto de tener novio.

Todos estaban disfrutando muchísimo de la fiesta. La única que no lograba relajarse era yo. Ignoraba el momento en el que H se acercaría a mí con la tan ansiada propuesta.

Minutos después, escuché un barullo especial, todos corrían hacia la piscina. Pensé que alguien se estaba ahogando. En el trayecto, a toda carrera, me fijé que en la banca de la abuela Edelmira no había nadie. Avancé quitándome los zapatos y los calcetines de lana. Estaba segura de ser la única en toda la fiesta que había tomado cinco cursos de natación y esta era la oportunidad de salvar una vida y de quedarme tranquila por el resto de mis años con ese recuerdo valeroso.

Llegué al borde y entre el tumulto grité: "Retírense, déjenme pasar". Sin pensarlo dos veces, me lancé a la piscina con mi blusa azul y mi falda gris, y el más espantoso silencio invadió el jardín. H, afuera de la piscina me dijo:

—¿Qué estás haciendo, Ant?

—Pensé que alguien se ahogaba, escuché el ruido, vi el tumulto, no sé, pensé que…

Ante la burla de todos, Eduardo "el Borja" se acercó a mí, me extendió su mano, me ayudó a salir y me dijo:

–Qué lástima, Toni, el ruido y el tumulto se deben a que Andrea aceptó ser la novia de H y todos están felicitándolos.

Solté la mano del Borja y soñé con volver a la piscina, convertirme en renacuajo y no salir de ella jamás.

El Borja

No quise volver a saber de H. Luego de su fiesta de cumpleaños, sentí que no quería verlo, al menos durante un tiempo.

El lunes siguiente salí rumbo a la escuela y decidí que no lo esperaría, caminaría sola. A partir de ese momento, H debería asumir la responsabilidad de su decisión. Si no me quería en su vida, al menos debería aprender a recorrer solo el camino hacia la escuela.

Caminé despacio, despacio, despacio; creo que guardaba la secreta intención de que H me alcanzara, para entonces yo darle mi cara de ogro.

Luego de 15 minutos de avanzar sin encontrarlo en mi camino, decidí correr de vuelta a su casa. Cuando llegué, toqué la puerta y grité:

—¡H, estás retrasado! ¡Sal ya! ¡Te estoy esperando!

La madre de H salió y me dijo:

—María Antonia, querida, H salió esta mañana a las seis en punto. Me dijo que pasaría por casa de una amiguita, creo que su nombre es Andrea. ¡Qué lástima que no te haya avisado!

Por segunda ocasión, en menos de tres días sentí que me convertía en un bicho miserable. Corrí con todas mis fuerzas, pero no pude llegar a la escuela a tiempo. El maestro Olmedo me recibió con su mirada severa y con la poco creativa pregunta: "¿Se le pegaron las sábanas, María Antonia?".

Debí atravesar toda la clase escuchando sus comentarios sobre la importancia de la puntualidad y sobre el respeto por los compañeros de aula, mientras sentía clavados en mi cuerpo decenas de ojos burlones.

Cuando la hora del recreo llegó, supuse que H se acercaría a mí para darme las explicaciones que yo requería, pero no fue así. Sonó la campana, lo vi acercarse hasta el pupitre de Andrea y salieron juntos tomados de la mano.

Aquella fue la primera vez que sentí la urgente necesidad de que el mundo se detuviera hasta que yo pudiera comprender lo que estaba sucediendo.

Me sentía sola como una gallina.

Bueno, en realidad no sé si las gallinas se sientan solas, pero la comparación me resultó bastante convincente.

Caminé hasta la biblioteca y me senté en una banca. Tomé un libro

que se encontraba en una mesa cercana y lo puse frente a mí para que la gente pensara que estaba leyendo. Pero no estaba leyendo, qué va, estaba pensando en mi turbulento fin de semana y en mi espantoso lunes. Pensaba en H y tenía ganas de llorar.

A partir de ese día, todo cambió radicalmente en mi vida. Debí acostumbrarme nuevamente a caminar sola hasta la escuela; si acaso me encontraba en la ruta con H, él corría, me saludaba de pasada y doblaba en la esquina de la calle 17 para luego tomar la avenida en la que vivía su novia.

Ya no charlábamos. Ya no nos visitábamos. Ya no hacíamos las tareas juntos ni reíamos como antes.

Cada vez que lo veía con Andrea sentía una rabia infinita. Y es que no entendía cómo había podido enamorarse de ella.

Un día, mi salvador y tímido amigo Borja se acercó a mí y luego de abrir una conversación sin importancia, me dijo:

—Yo sé lo que te pasa, Toni, estás celosa.

Me tomó varios segundos entender la palabra que el Borja había pronunciado: celosa. Cuando la comprendí, sentí que la sangre subía de temperatura
en mi cuerpo.

—¡Idiota! ¿Qué estás diciendo? ¿Yo? ¿Yo,
celosa? ¿De qué, o de quién? ¿De H? ¿De
Andrea? Vaya que no me conoces… pero
a quién se le ocu… ¡celosa, yo!… esto era
lo último que me faltaba.

—Discúlpame, Toni, pero es que me pareció que…

—¡Que nada! H puede hacer de su vida lo
que quiera y a mí no me importa. Incluso
puede enamorarse de esa tonta que jamás
ha visto un diccionario o un mapamundi;
peor aún, un almanaque. Puede salir con
ella y hablar de cualquier cosa… de cualquier cosa menos de las capitales de los
países de Europa, porque estoy segurísima
de que Andrea ni siquiera imagina que
Lisboa es la capital de Portugal y que Portugal está en la Península Ibérica, junto a
España. No me importa lo que H haga, no
me importa que deje de hablar conmigo
como lo hacíamos antes ni que deje de
acompañarme cada mañana camino a la

escuela. No me interesa que me ayude a hacer las tareas de Geografía ni las de Matemáticas. No quiero saber nada de él, porque… porque… porque lo odio.

Salí corriendo mientras las lágrimas de rabia me inundaban el rostro y las manos.

Sin embargo, me sentí muy importante porque aquella escena de furia-llanto-tristeza-rabia me resultaba muy parecida a una que había visto tiempo atrás en la telenovela *Los desamores de Julia Azucena*.

Tenía diez años y ya mi vida se parecía a una telenovela.

Minutos más tarde, el Borja volvió a acercarse a mí y, como siempre, tímidamente me dijo:

—Perdóname, Toni, no quise que te sintieras mal, sólo pretendía que charláramos un poco y que, si querías, me contaras lo que te estaba sucediendo. Pero, por favor, no te enojes conmigo, ya he entendido que H no te importa, que su noviazgo con Andrea te resulta indiferente, que es un idiota y que lo mejor que pudo pasar es que se alejara de ti…

–¡¿Que no me importa?! ¡¿Que no me interesa?! ¡¿Que me resulta indiferente?! Parece que no te dieras cuenta de que H es mi mejor amigo y no te permito que digas que es un idiota, porque no lo es. Y si acaso lo fuera, la única autorizada para decírselo sería yo. Todo lo que le suceda me importa mucho, ¿entiendes?

–Pero me acabas de decir que lo odias…

–¡Pero no es cierto! Lo odio, pero no lo odio, ¿está claro?

–Mmmmno, la verdad es que no te entiendo, pero…

–Pero nada, no quiero hablar contigo y ya me cansé de explicarte y que sigas haciendo preguntas bobas. Adiós.

Por supuesto, horas más tarde, cuando logré digerir mi triste diálogo con el Borja, sentí una vergüenza horrible. El pobre se había acercado con la mejor intención de brindarme su solidaridad y yo lo había tratado como a un trapo de cocina.

Al día siguiente llegué a la escuela, me aproximé a él con cara de arrepentimiento y le pedí que me disculpara. El Borja sonrió dulcemente y me dijo:

—No hay problema, Toni, ya es un asunto olvidado.

Me alejé más tranquila, pero su última frase me martilló en la cabeza durante horas y horas: "Ya es un asunto olvidado". ¿Cómo era posible? ¿Se podía realmente olvidar un recuerdo desagradable?

No tenía muchos amigos, me sentía horriblemente sola. El único rostro amable que me rodeaba era el del Borja, pero ya había sido lo suficientemente ridícula con él, y pensaba que seguramente ya no estaría interesado en escucharme.

Por suerte, estaba equivocada, el Borja no sólo me extendió su mano cuando tuve que salir de la piscina en casa de H, sino que, en medio de mi soledad, aceptó escucharme y ser mi amigo. De alguna manera, volvió a extenderme la mano.

Una tarde, a la salida de la escuela, me atreví a preguntarle:

—¿Crees que sea posible que yo olvide ciertas cosas que me hacen daño?

—¿Esas cosas tienen que ver con H?

—Mmm, digamos que sí.

—Entonces la respuesta es no. Creo que no podrás olvidarlo.

El listado

Insistí, con toda la terquedad imaginable, en que yo era capaz de sacar de mi cabeza todo aquello que pudiera afectarme o simplemente molestarme. El Borja, sutil como era propio en él, lo dudaba.

—Y bien, Toni, ¿qué es exactamente lo que quieres olvidar?

—En realidad, un poco de todo.

—Quizá exista una posibilidad de que puedas olvidar a H. ¿Te parece si escribes en un papel todo lo que quieres olvidar de él y luego lo discutimos?

—Sí, me parece.

—Pues entonces, manos a la obra, mañana nos veremos, tú con tu lista y yo haré una mía…

—¡Genial, Borja! Así compartiremos información sobre nuestros próximos olvidos.

Aquella tarde escribí mi listado en una hoja que luego se transformó en dos y luego en tres. El proceso no fue nada fácil, descubrí que el acto de recordar viene acompañado de un montón de sonrisas espontáneas, que luego se convierten en nostalgias tristonas.

Una tras otra, las líneas se sumaban en mi tarea de investigación de la memoria.

Cuando al día siguiente me junté con el Borja, me pidió que yo iniciara con la enumeración.

No comentaré todos los recuerdos incluidos en el papel, pero sí los más importantes. Mi papel decía:

Yo, María Antonia, a mis diez años y siete meses, quiero olvidar:
- *Cuando H decidió llamarme Ant.*
- *Cuando H y yo hablábamos sobre nuestros miedos.*
- *Cuando, en el examen de Matemáticas, me pasó un papelito con las respuestas de todas las preguntas.*

- Cuando me prestó su diccionario.
- Cuando me saludaba con un sacudón de cabello.
- Cuando me presentó a su abuela Edelmira.
- Cuando me dijo que yo no le parecía tan pequeña.
- Cuando me ayudó a dibujar el mapamundi.
- Cuando cargó mi mochila hasta la escuela porque yo me había lastimado la rodilla en un juego de basquetbol.
- Cuando decidió convertirse en el novio de Andrea.
- Cuando me guardó el secreto de... bueno, un secreto que sólo H conoce.
- Cuando me prestó su bici para ir a comprar el azúcar, pan, queso y leche que mamá necesitaba para ofrecer un café a mis tías que llegaron de sorpresa.

Leí detenidamente mis recuerdos mientras el Borja me escuchaba con atención. Cuando terminé, me dijo:

—No entiendo, Toni, ¿por qué quieres olvidar a H si ha sido un buen tipo?

—No pretendo que lo entiendas, Borja, sólo quiero que me ayudes a olvidar todo eso. H no existe en mi vida, ya no es más mi amigo, está demasiado ocupado en ser el novio de Andrea. Quiero olvidar que lo extraño y que me hace falta charlar con él. Quiero olvidar que lo quiero mucho. Mejor léeme tu listado.

El Borja abrió un papelito muy pequeño y escrito con perfecta caligrafía. Me miró, se sonrojó y dijo:

—Yo, Eduardo, quiero olvidar a Andrea.

—¿Quéeeeee? ¿A Andrea? ¿Tú…? No lo puedo creer, ¿por qué no me dijiste antes?

—Por favor, Toni, no digas nada, no se lo he contado a nadie. La única que lo sabe eres tú.

El Borja estaba enamorado de Andrea la detestable. Y yo… enamorada de H el detestable novio de la detestable. Aquella fue la primera vez que lo reconocí, y lo hice con más rabia de la que había sentido el día de la fiesta del Hombre Araña.

—Andrea nunca se fijó en mí.

—H tampoco se fijó en mí.

—Yo no soy tan alto como H.

—Yo tampoco soy tan alta como Andrea.

—Yo no soy tan espontáneo como H.

—Yo tampoco soy tan femenina como Andrea.

—Ahora no quiero saber nada de ella.

—Yo tampoco quiero saber nada de H.

Quién lo hubiera dicho, el Borja y yo unidos por la misma desgracia: el amor imposible.

Desde aquel día nos prometimos no hablar ni de H ni de Andrea; pensábamos que eso nos ayudaría a olvidarlos. No sé si lo logramos o no, sólo sé que al menos había encontrado un nuevo amigo y ya no me sentía sola como una gallina.

El Borja y yo teníamos un pacto que habíamos sellado un medio día, afuera de la escuela, con un helado de chocolate. Ese pacto era real y ultrasecreto, jamás nadie sabría de nuestro primer fracaso en el amor. De hecho, cada vez que queríamos referirnos a H o a Andrea, lo hacíamos utilizando un código creado especialmente para ellos: en nuestros diálogos llamábamos a H "el Hombre Araña" y a Andrea "la mosca" (porque había caído en las redes de la araña); con ese lenguaje, estábamos seguros de que nadie sabría jamás a quiénes nos referíamos.

Es justo señalar que el Borja insistió en que llamáramos a Andrea "la mariposa" ya que ambas, mosca y mariposa, podían cumplir con el simbolismo que habíamos utilizado, es decir, las dos eran susceptibles de caer en las redes de la araña. Entendí perfectamente la intención del Borja, pero, por más enamorado que estuviera, no podíamos perder la visión que nos juntaba en contra de nuestros enemigos emocionales.

Con la misma fuerza del Borja, yo rechacé su propuesta de un sobrenombre tan dulce, colorido y poético para Andrea. Luego de horas y horas de discusiones, y de un salomónico juego de cara o cruz gané la batalla y "la mosca" se consolidó en su posición.

Cuando alguna vez sentí que la nostalgia me rondaba, recuerdo que le pregunté al Borja:

—¿Por qué el Hombre Araña no se fijó en mí? ¿Será que la mosca es mejor que yo?

—La mosca es la mosca, tú eres tú, y punto.

—...

—…

—¿Tú me habrías elegido a mí, Borja?

—No, eres muy pequeña.

—¿Y tú, Toni? ¿Me habrías elegido a mí?

—Tampoco. Eres bastante orejón.

Esas dos confesiones fueron la mejor garantía de que el Borja y yo seríamos amigos por mucho, mucho tiempo.

El fin de clases

Transcurrió aproximadamente un mes y medio, y aunque no había olvidado a H, al menos me sentía mucho mejor. Ya no me afectaba en lo más mínimo caminar sola hasta la escuela y de vuelta a casa. Ya no me ponía tan furiosa cuando veía a Andrea asfixiando la mano de H en el recreo.

El Borja se había convertido en mi amigo del alma, nos entendíamos casi perfectamente. Nuestras pequeñas diferencias se referían básicamente a su gusto por los bichos. Y es que no lo he dicho, pero el Borja era un coleccionista apasionado de todo lo que midiera menos de cinco centímetros y tuviera seis o más patas; con ello yo entendía perfectamente que todavía sintiera una especial atracción por la detestable mosca.

Muy cerca de que terminara el año escolar, todos nos alistábamos para la tradicional fiesta de fin de año. En esa oportunidad, la gran reunión sería un sábado en casa de Claudia, en las afueras de la ciudad. Un día antes de la fiesta, me sorprendió que H se acercara a mí para charlar. Si bien no había dejado de ser muy atento y cordial conmigo desde que inició su noviazgo con la mosca, nuestra distancia era evidente.

Se acercó a la salida de la escuela y me dijo:

—Hola, Ant, ¿vas a tu casa? ¿Puedo caminar contigo?

—Sí, claro.

El corazón me latía a diez mil por hora, pero lo disimulaba perfectamente. Me molestaba muchísimo que eso me sucediera después de tanto tiempo.

En el trayecto hablamos de cosas sin importancia. Me contó que sus exámenes finales habían ido muy bien y que su padre le había ofrecido un premio por su rendimiento. Me dijo que él esperaba que ese premio fuera una bicicleta nueva porque la que tenía, la que alguna vez me había prestado, ya estaba vieja y quería sustituirla por una más rápida y moderna.

–¿Más rápida? ¿Para qué quieres más velocidad? ¿Para llegar tan pronto como sea posible a casa de Andrea?

H sonrió discretamente con mi comentario y yo me mordí la lengua para no seguir diciendo boberías. Luego añadió:

–¿Irás a la fiesta de fin de año?

–Por supuesto.

–¿Te llevará tu papá?

–Sí, supongo que sí.

–¿Crees que pueda ir contigo, Ant? Mis papás tienen un compromiso mañana y no podrán llevarme.

–Claro, H, iremos con mi papá.

–Y… ¿puedo pedirte otro favor?

–Sí, dime.

–¿Podríamos pasar por Andrea?

Mi respuesta debió ser:

–¡Ni pensarlo! ¡Pero qué es lo que te has imaginado! Que la mosca se vaya volando, ese bicho que es tu novia no pondrá jamás un pie en el auto de mi papá que, por herencia familiar, es mi auto, ¿lo entiendes?

Pero mi respuesta sorprendente fue:

—Claro, H, mi papá no tendrá ningún problema. A las cuatro de la tarde pasaremos por ti.

—¡Gracias, Ant, sabía que podía contar contigo!

Como en nuestros viejos tiempos, sacudió mi cabello, me dio un beso en la frente y, antes de despedirse, me dijo:

—Y tus exámenes finales, ¿qué tal? ¿Cuánto sacaste en Geografía?

—Saqué 9, sólo me equivoqué en la extensión de Oceanía. Adiós.

No, no quise amargarme la tarde. Ya sólo nos quedaban dos días de clase y luego vendrían las maravillosas vacaciones sin H, sin mosca, sin maestro Olmedo, sin Geografía y sin Matemáticas. Ver a Andrea tan cerca de mí era el último sacrificio antes del gran descanso de dos meses.

El sábado por la tarde H, su novia y yo hicimos la entrada triunfal a la fiesta de fin de año. No me detendré en detalles, la reunión resultó más divertida de lo que yo esperaba. Al Borja se le ocurrió llevar una cámara fotográfica para inmortalizar (como él decía) cada detalle de nuestra despedida.

Desde que vi a H en la tarde, creí notar en su rostro que algo le preocupaba, pero no quise darle importancia. Sin embargo, en el transcurso de la fiesta lo noté distante, como extraviado.

Cerca de las 9 de la noche, hora en que mi papá pasaría por nosotros, H se acercó a mí como hace mucho tiempo no lo hacía y me dijo:

—Ant, necesito hablar contigo.

—Dime, ¿sucede algo?

Me pidió que saliéramos al jardín, se puso muy serio y continuó:

—¿Recuerdas que te dije que mi papá me había prometido un premio?

—Sí, lo recuerdo.

—Pues esta mañana me lo ha dado.

—Te felicito, H, ¿qué tal la bici nueva?

—No, no es una bici. Es un boleto de avión.

—¿Disney? ¿Te vas a Disney de vacaciones? ¡Qué emoción, H! No olvides enviarme una foto tuya con Pluto.

—No, Ant, no comprendes: mi papá me ha inscrito en la escuela en los Estados Unidos, estudiaré todo el próximo año allá, viviré en casa de mi tío.

Yo continuaba siendo muy torpe para la Geografía, pero sabía perfectamente en qué lugar del mapa había pintado Estados Unidos, con circulito rojo en Washington, y eso estaba muy lejos de mi país.

Quise decir algo, pero un nudo en la garganta me lo impidió. Luego de unos segundos, atiné a comentar:

—E... eso es una buena noticia, ¿no?

—Sí, supongo que es grandioso.

—Te vas, H.

—Sí, creo que sí.

—¿Cuándo?

—La próxima semana, el sábado.

Me di media vuelta porque sentía que no podía mirarle a los ojos. Tragué en seco y le dije:

—Pues me alegro mucho por ti, H, estudiar en los Estados Unidos debe ser muy bueno. Aprenderás a decir cosas en inglés, entenderás las películas del cine sin necesidad de leer las letritas que van en la parte de abajo, aprenderás muchas canciones de moda, verás otras montañas, otra gente… lo que a ti te gusta, H, lo que a ti te gusta.

Hubo un largo silencio que pareció durar mil horas. Volví a ponerme de frente y dije:

—Te voy a extrañar.

H me miró y dijo:

—Prométeme que no te olvidarás de mí.

Nos abrazamos tan fuerte como pudimos y en ese momento el Borja salió al jardín e, interrumpiendo esta escena, gritó:

—Toni, tu papá está afuera. Antes de que se marchen, ¿puedo sacarles una fotografía?

—Sí —dijo H—, claro que sí.

H se inclinó, me puso un brazo sobre el hombro y sonrió.

Yo no pude hacer lo mismo. Segundos después sonó un click.

Lo volví a mirar fijamente y le dije:

—Te lo prometo.

El tiempo

Todo dejó de tener importancia. Desde que supe que H se iría, cualquier cosa me parecía demasiado pequeña, incluso la mosca desapareció de mi panorama mental. Sentía que antes de H no había tenido jamás ningún amigo y con mi claro espíritu optimista sentía que no volvería a tener otro como él.

Luego de la fiesta de fin de año, no lo volví a ver durante cuatro o cinco días. No me atreví a visitarlo porque no sabía qué debía decir o hacer. Pensé que quizá querría estar solo, con su familia o en los preparativos de su viaje.

En más de diez oportunidades me acerqué al mapamundi que estaba en mi viejo almanaque y revisé el tamaño, el color y la forma de los Estados Unidos. Era absurdo, lo sé, pero cada vez que miraba el mapa pretendía que la distancia entre ese país y el mío se acortara, aunque fuera un poquitín.

El viernes por la tarde, un día antes de la partida de H, desperté con un agujerote en el estómago; pasé todo el día caminando sobre las nubes sin saber qué hacer. Por fin, se me ocurrió que una carta me ayudaría a expresar lo que estaba sintiendo, y en un dos por tres la escribí. No me preocupé de revisar la ortografía porque sabía que, si tenía alguna falta, H jamás se percataría de ella. No transcribiré la carta, sólo puedo decir que escribí muchas veces "te voy a extrañar", "eres el mejor amigo que he tenido" y "vuelve pronto"; cursilerías, lo sé, pero todas ellas eran profundamente sinceras.

Lo que más me costó fue encontrar un final adecuado para mi carta. Pensé y pensé en la frase más adecuada y apareció un:

Te recordaré siempre.

Con todo mi cariño,

María Antonia.

Esa frase me resultaba muy común e imaginé que millones y millones de cartas en el mundo terminarían de esa manera, pero aún así las escribí con completo agrado.

Entrada la tarde, tomé fuerzas, crucé la calle y golpeé la puerta de la casa de H.

Su madre abrió y, luego de un saludo muy breve, gritó:

—H, María Antonia está aquí.

Al rato bajó H con una sonrisa que, no puedo negarlo, me llamó mucho la atención.

Durante todo el día había imaginado que él estaría tan conmovido como yo, que incluso habría pensado en la posibilidad de atarse a una silla para impedir que sus padres lo condujeran al aeropuerto… pero, como siempre, H me sorprendió: no tenía ninguna huella de haber llorado por horas y tampoco lucía demacrado por el dolor de la partida.

—Hola, Ant, qué bueno que viniste, ya tengo casi todo listo para el viaje; acompáñame por si olvido algo importante.

H me tomó de la mano y me llevó hasta su habitación a toda carrera, mientras me decía atropelladamente:

—Un año pasa volando, Ant, no veo la hora de llegar a Estados Unidos. Ya tengo la maleta lista… Para cuando nos volvamos a ver prométeme que crecerás al menos dos centímetros… ¿Crees que debo llevar mis zapatos de fútbol?… Y que cambiarás esos lentes por unos de contacto… ¿Dónde habré dejado mi traje de baño?… Ah, no dejes de escribirme si consigues novio; prométemelo, Ant, prométemelo.

Me senté en su cama mientras lo veía correr de lado a lado. Su madre entraba con frecuencia y le ayudaba a ordenar ropa y objetos que aún no habían ocupado su sitio en la maleta. En ese momento me enteré de que viajarían juntos: la madre de H lo acompañaría los dos primeros meses hasta que todo tomara su curso.

Minutos después, H se sentó junto a mí y me dijo:

—Tengo que pedirte un gran favor, Ant.

Tomó un libro que reposaba sobre la cama y me lo entregó.

—¿Lo recuerdas? Es el libro que le leo en voz alta a mi abuela. Quiero pedirte que lo conserves, y que de vez en cuando te des un tiempo y la visites para que, en mi lugar, continúes con la lectura de esta novela. Vamos en el capítulo cuarto, aquí, en esta página, la 52.

Asentí y tomé el libro sin decir ni una palabra. H añadió:

—Ah, y por favor, háblale de mí siempre que puedas, Ant. Ayúdame a que mi abuela me guarde en un rincón de su memoria.

Hubo un pequeño espacio de silencio y luego H continuó:

—Y el último favor… no te olvides de mí.

No te olvides de mí.
No te olvides de mí.
No te olvides de mí.
No te olvides de mí.

H pronunció la última frase seguida por un eco inexplicable y algo extraño sucedió. No soy capaz de explicarlo, sólo sé que de pronto sentimos un estremecimiento muy fuerte, como si un sismo sacudiera la ciudad.

Nos tomamos de las manos y cerramos los ojos inundados de pánico. Un par de segundos después, todo volvió a una aparente calma. Digo aparente, porque el ambiente lucía distinto, como impregnado de un color y una textura muy especiales.

—¿Qué fue eso, H? ¿Un temblor?

—Sí, creo que sí, pero ya pasó.

Nos levantamos y nos acercamos a la ventana de la habitación de H, que dejaba ver el amplísimo jardín con árboles y piscina. Todo lucía calmo, como dormido y extrañamente silencioso. No se escuchaba el motor de ningún auto cercano, no se escuchaba el canto de los pajaritos del jardín… no se escuchaba nada. Nuestros pasos emitían un ruido seco que desaparecía casi de inmediato. H salió de la habitación en busca de su madre. Cuando volvió, me dijo sorprendido:

—No está por ningún lado, debió salir y olvidó avisarme.

H me condujo hasta la calle por si encontrábamos a alguien que nos explicara lo que sucedía. Pensábamos que quizá sería natural que, después de un temblor, el ambiente quedara afectado de alguna manera; pero no encontramos a nadie.

Caminamos cerca de cuatro manzanas, hasta el parque de los eucaliptos, y no pudimos encontrar ni a una sola persona; la ciudad lucía abandonada.

–¿Qué está pasando, H? Tengo miedo.

–No lo sé, Ant, es como si el tiempo se hubiera detenido y todas las personas hubieran desaparecido.

Como en un acto de telepatía, H y yo miramos simultáneamente el gran reloj que estaba en medio de la plaza y la sorpresa que nos llevamos fue aterradora: el tiempo no avanzaba ni un segundo después de las 4 y 19 minutos de la tarde.

Volvimos a casa de H tan rápido como pudimos y, ya en ella, nos detuvimos frente a cada reloj que encontrábamos: el cucú que estaba en el comedor; el de pared que estaba en la cocina; el del horno micro-ondas; el del aparato de vídeo; el del reloj despertador que reposaba sobre la mesa de noche de H… todos marcaban las 4 y 19.

Antes de que pudiéramos entrar en la angustia y desconcierto a los que la situación obligaba, otro acontecimiento, más inexplicable aún, nos sorprendió.

De repente, como si asistiéramos a una función de cine, una imagen muy familiar proyectada en la pared se nos presentó. Era luminosa, tridimensional y con una nitidez asombrosa. En ella, aparecíamos H y yo caminando por la calle rumbo a la escuela. Yo lo recordaba perfectamente, era uno de los primeros días de clase, cuando H y yo nos hablamos por primera vez.

Luego, una sucesión impresionante de imágenes, como si viviéramos un sueño, nos deslumbró. Podíamos ver claramente

escenas de lo que H y yo habíamos compartido desde el día en que nos conocimos: la mañana en que descubrí la palabra anturio en el diccionario que él me había prestado; la ilusión de que en medio de ese gordo libro yo pudiera encontrar una carta de amor; la ocasión en que presentamos en la clase de Lenguaje nuestra redacción sobre los miedos; la tarde en que me invitó a conocer a la abuela Edelmira, para luego confesarme su temor a la memoria; mi tarea de Geografía y nuestros dedos recorriendo el mapamundi pintado con todos los colores y con circulitos rojos en cada capital. Vimos, en medio, imágenes de algunos de los helados que compartimos camino a casa; los dos conciertos de Los Aterciopelados que habíamos visto en la gran pantalla del televisor de su casa… y aunque no había sonido en esta especie de sueño-película que vivíamos, las palabras no hacían falta, tengo la certeza de que en nuestras mentes H y yo éramos capaces de reproducir las palabras, los diálogos que en 9 meses habíamos compartido.

H tenía los ojos inundados de lágrimas, y yo… mucho antes había comenzado a llorar.

La habitación y las imágenes fueron perdiendo luz y brillo poco a poco, hasta que todo quedó en completa oscuridad.

Ya no sentíamos miedo. No éramos capaces de decir ni una palabra, había un inmenso nudo en la garganta que nos lo impedía. Sabíamos que estábamos asistiendo a un acto portentoso, a un recorrido mágico por los recuerdos. No tuvimos tiempo de cuestionarnos cuál sería el siguiente paso; en medio de la oscuridad nos tomamos de las manos y de pronto comenzamos a escuchar un eco muy vago que venía de algún lugar. Era una frase que se repetía hasta lograr un sonido claro y contundente:

No te olvides de mí.
No te olvides de mí.
No te olvides de mí.

La puerta de la habitación de H se abrió y con ella volvió toda la luz que por segundos habíamos perdido. Era su madre.

—¿Ya guardaste todo en la maleta, H? No te olvides del pijama.

—…

—Anda, contéstame.

—¿Qué hora es, mamá?

–Por Dios, son las 4 y 20 y aún no comienzo con mis cosas.

La madre de H salió apresurada y volvimos a quedarnos solos.

Metí mi mano en el bolsillo y sentí la carta que había escrito para mi amigo H… ya no se la entregaría. Pensé que, luego de vivir lo que habíamos vivido, ya no era necesaria. La vida nos había regalado un viaje por la memoria imposible de explicar; eso ya superaba cualquier papel, cualquier explicación.

Me levanté y le dije:

–Creo que me debo ir.

Él se incorporó y antes de que dijera nada, yo añadí:

–No, H, jamás podría olvidarme de ti.

Nos dimos un abrazo muy fuerte, él sacudió mi cabello, como siempre, y no fuimos capaces de decirnos adiós.

Crucé la calle y encontré al jardinero podando un árbol en la acera.

–Hola, don Julián, ¿me podría decir la hora?

–Hola, Antonia, son las 4 y 24, ¿por qué?

–No… por nada, simple curiosidad.

La memoria

—Yo, a las arañas. ¿Y tú?

—No —contestó el Borja.

—También a los aviones. ¿Y tú?

—No.

—¿A la oscuridad?

—No.

—A quedarme sola. ¿Tú no?

—...

—Anda, Borja, contesta.

—No, tampoco.

—¿Sabes? Tengo también mucho miedo a la memoria.

—¡¿A la memoria, Toni?! No entiendo.

—Desde que H se fue, lo pienso con mucha frecuencia. Me encantaría que supiera que la abuela Edelmira y yo lo recordamos siempre con todo nuestro cariño. Me he dado cuenta de que utilizo palabras difíciles como las que él utilizaba. Ayer, por ejemplo, disfruté mucho al repetir la palabra *puntal*. Cuando hablo, tengo gestos muy similares a los de H; a veces parecería como si hubiera robado sus maneras de expresarse.

En muchas oportunidades me descubro revisando libros de Geografía, repitiendo capitales y nombres de ríos... Borja, me encantaría que H supiera que lo recuerdo con mucha fuerza, que de una manera casi mágica él vive en mí. Me encantaría gritar: "¡H, no tengas miedo a la memoria; yo no te he olvidado!", pero...

—Pero qué...

—Pero es que yo también tengo miedo, Borja. Desde que H se fue, he sumado un miedo más a mi larga lista: ahora tengo miedo de que H me haya olvidado.

El Borja sonrió y me dijo:

—No lo creo, Toni, estoy seguro de que en alguna palabra, en algún gesto y en muchos recuerdos de H, debes estar tú.

Nuevamente sentí ese nudo en la garganta que me atacaba cada vez que hablaba de H. Me levanté de la acera en la que charlábamos, sacudí el cabello del Borja y me despedí.

Ha pasado algún tiempo desde que H se fue, muchas hojas de eucalipto han caído sobre la acera y nuevos anturios han nacido en medio del parque. No sé si son semanas o meses. La tristeza y la añoranza no cuentan el tiempo con la medida de un calendario.

Ayer, en medio de una mañana muy fría, metí mi mano en el bolsillo del abrigo que llevaba puesto, y de él saqué esa arrugada fotografía en la que aparecemos H y yo. Hace tiempo que no la veía y ya la consideraba extraviada. Me senté en la banca del parque, miré de frente la imagen de ambos y dije en voz baja:

–Ahora tú, H, dondequiera que estés, prométeme que no te has olvidado de mí.